행복 디자이너 최윤희의

유쾌한 성공사전

행복 디자이너 최윤희의

유쾌한 성공사전

글 **최윤희** 그림 **강일구**

ⵣ 나무생각

'성공DNA'를 만들어라!

우리는 모두 백조다. 아니, 뜬금없이 웬 백조? 사람의 몸은 백 조(100,000,000,000,000)의 세포로 만들어졌다고 한다. 그래서 백조!

일본 스쿠버대학의 의학박사 무라카미 가즈오는 주장한다.

"우리의 유전자는 얼마든지 새롭게 만들 수 있다."

"유전자는 혁명을 일으킬 수 있고 죽은 유전자도 다시 살아날 수 있다."

그의 주장에 따르면 OFF 상태, 불이 꺼져 있는 유전자도 ON 상태, 다시 환하게 불이 켜지면서 부활할 수 있다는 것이다.

그렇다. 내가 바로 그 샘플이다. 모델휴먼이다.

내 인생의 전반부는 우울증으로 칠흑 어둠 같은 시기였다. 내 유전자 역시 잿빛과 흑빛으로 가득 차 있었다. 그런데 보라. 지금은 180도 달라졌다. 어느 누가 나를 우울증 환자였다고 상상할 수 있겠는가? 내 유전자의 창고 속에서 불이 꺼질락 말락, 간당간당 생명의 동아줄을 붙잡고 있던 그 유전자들이 지금은 완전 팔자가 달라졌다.

반짝반짝 빛을 내뿜는다. 팔팔하게 싱싱해졌다. 활활~ 부활했다. 나를 가득 채우고 있던 절망DNA, 포기DNA, 실패DNA가 지금은 희망DNA, 도전DNA, 성공DNA로 바뀐 것이다. 나의 DNA들은 종달새처럼 조잘거린다.

"DNA도 얼마든지 재조립되고 리모델링될 수가 있어요. 당신들도 직접 체험해 보세요. 그 짜릿한 느낌~ 아싸!"

그렇다. 유전자도 '성형수술'이 가능한 것이다. 그러나 여기서 우리가 확실히 짚고 넘어가야 할 핵심 포인트가 있다. 눈, 코, 입을 뜯어고치는 성형수술은 성형외과 의사들이 하지만, 유전자 성형수술은 어느 누구도 대신해 줄 수 없다. 오직 자기 자신만 할 수 있다. Self only!

그래서 더 멋지고 더 도전해 볼 만한 가치가 있는 것 아니겠는가!

우리는 모두 성공을 꿈꾼다. 그렇다면 성공이 과연 무엇인지

그것부터 제대로 알아야 한다. 나는 새삼스럽게 사전을 들춰서 성공이라는 단어를 찾아보았다.

국어사전 – 목적한 바를 이룸

한자사전 – 1. 뜻한 바를 이룸 2.목적을 이룸 3.사회적 지위를 얻음

영어사전 – 성취, 출세 Success in life

일본어사전 – 目的, 富

여기서 잠깐만! 확인해 볼 것이 있다. 당신의 생각은 어떠한가? 사전과 똑같은가? 하이고, 맙소사! 말도 안 된다. 그것은 잘못돼도 한참 잘못됐다. '뚜뚜 뚜…… 뚜 뚜뚜……' 실밥 뜯어지는 소리, 에러발생 소리가 들리지 않는가!

당신은 19세기 사람이 아니다. 지금은 바야흐로 21세기다. 성공의 사전적 의미도 달라져야 한다. 호랑이 핫도그 먹던 시절처럼 곰팡이 냄새 팍팍 풍기면서 성공을 이야기해서는 안 된다.

나는 사람들에게 물었다. 성공이 무엇이라고 생각하는가?

10대 – 공부 잘해서 일류 대학 들어가는 거요.

20대 – 일류 회사 취업해서 쭉쭉빵빵 승진하는 것이 성공 아

닐까요?

　30대 – 사회적으로 인정받고 해외출장은 기본, 연봉도 억대, 그 정도면 성공!

　40대 – 30평 이상 아파트, 적금통장 몇 개, 펀드도 3~4개 쯤 가입하고 있다면!

　50대 – 자녀들 독립하고 가끔 부부 해외여행이나 다니면 성공했다고 할 수 있겠죠?

　60대 – 아휴, 딴 건 안 바래. 그저 가족들 건강하면 최고야. 자식들이 용돈이나 좀 넉넉히 주고.

　70대 – 3가지 후회를 안 해야 성공했다 말할 수 있어. 좀 더 베풀 걸, 좀 더 참을 걸, 좀 더 즐길 걸. 제발 '걸걸형 인간' 은 되지 마. 알았지?

　80대 – 성공이 뭐 말라비틀어진 소리야? 죽을 때 편안하게 떠날 수 있다면 100퍼센트 성공한 인생이지.

　90대 – 뭐라고? 잘 안 들려! 귀에 바짝 대고 좀 더 크게 말해 봐!

　40대 중반의 어떤 남자가 푸념을 하고 있다.

"학교 다닐 때 내 단짝이었던 녀석이 정말 출세했어. 오늘은 상하이, 내일은 도쿄, 또 글피는 뉴욕 간대. 친구들 사이에 별명이 뭔지 알아? 인공위성이야. 만날 때마다 음식값을 혼자 다 쏘니까!"

그때 아내가 남편의 푸념에 화끈한 소스를 확~ 뿌린다.

"당신 내 친구 지수 알지? 걔는 럭셔리 아파트에 명품으로 휘감고 살아. 살림은 가정부가 다 해주고 비까뻔쩍 외제차에 꽃미남 운전기사. 그런데 내 꼴은 지금 이게 뭐야? 꾀죄죄한 시장 옷에 동네 미장원. 아휴, 자존심 상해서 못살겠어. 당신도 제발 성공 좀 해봐. 왜 그 모양 그 꼴로 빌빌대고만 있어?"

아직까지도 성공은 이렇게 잘못 사용되고 있다. 비까뻔쩍 명품으로 '오용'되거나 럭셔리 외제차로 '남용'되고 있다.

'성공' 하면 떠오르는 어떤 특정인이 있다고 상상해 보자. 그의 신상명세서와 인생콘텐츠를 최첨단 초고성능 현미경으로 들여다본다. 그는 일류 대학을 나오고 외국 유명한 대학의 박사학위를 받았다. 권력의 핵심부에서 막강파워를 자랑하고 있다. TV, 신문에서도 그의 모습을 자주 볼 수 있다. 그러나 그의 입술은 밥 먹을 때와 소리 지를 때만 사용된다. 이마엔 큼지막하게 CCTV라고 붙여놓고 '나는 당신의 행동을 다 찍고 있음'이라고 말하는 듯 차갑다. 가슴속에는 언제나 찬바람이 쌩쌩~ 손은 남에게 삿대질할 때만 사용하고 악수나 포옹은 마지못해 형식적으로만 한다.

'해가 떠도 국민, 해가 져도 국민'이라고 노래 부르면서 정작 국민을 흑싸리 껍질로 여긴다. 친구도 가족도 소 닭 보듯이 쳐다본다. 과연 그는 성공한 사람일까? 오~ 마이 갓!

껍질만 번지르르~ 속은 텅 비었는데 성공이라면? 성공이 끼익~졸도해 버릴지도 모른다. 졸도해서 링거 맞고 누워 있는 성공을 상상해 보라.

인생의 황금비율을 균형 있게 배분하지 못하는 사람이 어찌? 최고 권력자의 말에만 발 동동 구르고 자발적 돌쇠, 마당쇠 노릇을 즐겨하는 사람이 어찌? 거짓말로 세수하고 부정부패로 샤워하는 사람이 어찌?

자기 아내 위궤양 걸린 사실도 모르고 아이들 친구 이름도 모르는 사람이 어찌? 자기 집 전화번호도 모르고 모든 것을 비서에게 일임하는 사람이 어찌?

성공은 무례하지 않다. 성공은 무조건 비까뻔쩍 요란하지 않다. 성공은 연봉의 높이에 비례하지 않는다. 통장의 잔고에 아부하지 않는다.

성공은 나름 도도하다. 성공은 나름 성깔이 있다. 성공은 나름 고고하다. 호락호락하게 성공이라는 타이틀을 수여하지 않는다.

지갑의 두께는 얇지만 가슴의 깊이는 측량할 수 없을 만큼 깊은 사람, 사소한 일에도 푸하하^^ 가가갈^^ 웃음의 꽃다발을 만들어내는 사람, 티 안 내고 은근슬쩍 착한 일하고 다른 사람의 기쁨에 자기 일만큼 박수를 칠 줄 아는 사람.

그런 사람이 성공이라는 작위를, 성공 자격증을 수여받을 수 있다. 그런 사람은 타고나는 것이 아니다. 만들어진다. 성공은 결코 선천적인 것이 아니다. 후천적인 것이다. 그래서 우리는 날마다 '성공 배터리'를 충전해서 성공DNA를 만들어야 한다.

새롭게 유전자 혁명을 일으켜야 한다. 신나게 리모델링해야 한다.

이 책은 일종의 유전자 혁명을 부추기는 성공 배터리 충전소다. 성공DNA 제작소다.

　살아가다가 갑자기 무기력해질 때, 삶의 무게에 어깨가 내려
앉을 때, 이 책 어디를 펼쳐봐도 마법의 비타민처럼 싱싱한 에
너지를 '재생'할 수 있다. 얍! 하고 솟아오를 수 있는, 유쾌한
성공DNA를 만들 수 있다. 그렇게 당신은 스스로 성공 마법사
가 되어 방긋 웃을 수 있다. 당신의 세포 또한 반짝 반짝 빛나
지 않겠는가!

최윤희

과거는 바꿀 수 없다.
그러나 미래는 바꿀 수 있다.
당신의 현재를 바꾸기만 한다면!
우리의 미래는 점쟁이가 예언하는 것이 아니다.
자기가 스스로 만드는 셀프 제작품이다.

1과 一

어떤 사람을 보면 아라비아 숫자 '1'처럼 씩씩하다.
출발 직전에 서 있는 마라토너처럼 눈이 빛난다.
그러나 어떤 사람은 응급실에서
링거를 맞고 누워 있는 환자처럼 一자로 살아간다.
당신의 인생은 지금 1인가? 一인가!

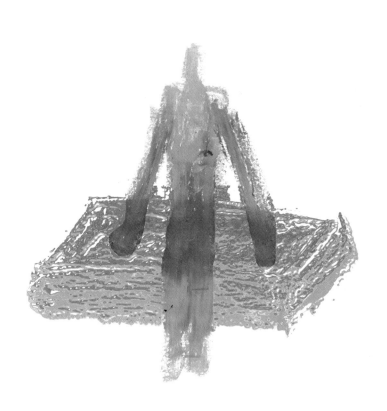

'덕분에'와 '때문에'

'아휴, 저 인간 때문에 내가 이 고생!'
누군가를 미워하다 보면 내 건강만 나빠진다.
몸에서 독이 나오기 때문이다.
그 사람이 예뻐서가 아니라 내 건강을 위해서 반대로 생각하자.
'그래, 저 사람 덕분에 내가 극기 훈련하는 거야.'
'저 사람 덕분에 내가 인격 수양하는 거야.'
'때문에'는 책임전가형 단어
'덕분에'는 감사포용형 단어
거짓말처럼 미움이 사라지고 마음이 편안해진다.

땡겨라!

'오늘 할 일을 내일로 미루지 마라.'
이 속담은 이제 케케묵은 옛날소리다.
곰팡냄새 팍팍 풍기는 구시대적 발언이다.
21세기를 살아가는 우리의 액션 플랜은?
'내일 할 일을 오늘로 땡겨야 한다.'

올All형 인간

일본 작가 나카다니 아카히로는 인간을 다음과 같이 분류했다.

머스트MUST형 인간 – 꼭 해야 할 일만 한다.
캔CAN형 인간 – 자기 능력에 맞는 일만 한다.
원트WANT형 인간 – 자기가 하고 싶은 일만 한다.

나는 위 3가지에 한 가지를 더 추가하고 싶다.
올ALL형 인간 – 하고 싶은 것, 할 수 있는 것, 해야 할 일
그 모두를 다 하는 사람이다.

머스트형, 캔형, 원트형이 '미니멈Minimum 인생'을 산다면
올형 인간은 '맥시멈Maximum 인생'을 산다.
반복도 연습도 없는 1회뿐인 인생.
맥시멈으로 사는 멋진 인간이 되자.

현재

과거는 바꿀 수 없다.
그러나 미래는 바꿀 수 있다.
당신의 현재를 바꾸기만 한다면!
우리의 미래는 점쟁이가 예언하는 것이 아니다.
자기가 스스로 만드는 셀프 제작품이다.

012

필수품

성공하기 위해서

우리는 3대 필수품을 '휴대'하고 다녀야 한다.

죽까정신 – 죽기 아니면 까무러치기

맨딩정신 – 맨땅에 해딩하기

깡벌정신 – 깡다구 있게 벌떡 일어서기

007

하늘과 땅

오래전부터 우리나라 사람들은 말해 왔다.

남자는 하늘, 여자는 땅.

그러나 요즘은 땅값이 훨씬 더 비싸다는 사실!

마이웨이

사람은 세 가지 유형으로 나이를 먹는다.

사회가 요구하는 대로 적응하면서 쉽게 포기해 버리는

– 체념형

나이 드는 것을 거부하면서 성형수술, 외모에 집착하는

– 안간힘형

자신만의 특별한 방식대로 멋지게 나이 드는 '마이웨이'

– 독립국가형

당신은 어떤 유형이 되고 싶은가?

초 한 방울

생방송 중에 실제 있었던 일이다.

김영철(개그맨) 질문 – 선생님, 요즘 힘드니까 긍정적으로
살아야겠죠?

최윤희 대답 – 아뇨. 긍정적만 가지고는 부족해요. 거기에
초를 한 방울 살짝 뿌리세요. 그래서 '초'긍정으로 사세요.

김영철 – 저는 입이 튀어나와서 고민이에요.

최윤희 – 가죽이 더 들었어요!

김영철 – 입이 튀어나온 것까지는 참겠는데, 먼지가 많이
들어와요.

최윤희 – 뭐가 약 될지 몰라요. 그냥 마셔유!

그렇다.

긍정보다 더 힘 센 긍정의 형님,

그것이 바로 '초긍정'이다.

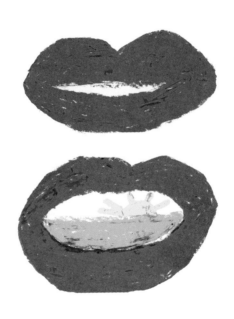

넘버원이 아니라 온리원!

옛날엔 한 줄로 죽 서서 성적순으로 사람을 분류했다.

'소품종 대량시대'

그러나 지금은 성적에 100퍼센트 몰입하는 시대가 아니다.

오직 그 사람 혼자서만 할 수 있는 것!

그것이 가장 중요하다.

'다품종 소량시대'

넘버원No. 1이 아니라 온리원Only 1 시대!

머피와 샐리

똑같은 상황에서 어떤 생각을 하느냐?
그것이 우리를 하늘과 땅만큼 달라지게 만든다.

새가 머리에 실례를 했을 때~

머피 – 에이, 재수 없어. 가다 벼락이나 맞아 뒈져버려라.

샐리 – 아휴, 천만다행이야. 비행기가 떨어졌으면 어쩔 뻔했어?

힘든 일을 할 때~

머피 – 아이쿠, 힘들어. 못살겠네.

샐리 – 두 팔 두 다리가 있으니 얼마나 감사해?

　　　　룰루랄라 노래 부르면서 한다.

자살을 뒤집어보면 – 살자

소변금지 – 지금변소

내힘들다 – 다들힘내

뭐든지 나쁘게만 생각하는 바보 머피녀석과 살 것인가?

뭐든지 좋게 생각하는 예쁜 샐리와 살 것인가?

선택은 당신의 몫이다.

열쇠

지금 당신 앞에 꽁꽁 닫혀 있는 철문이 있다.
당신은 무엇으로 그것을 열려고 하는가?
탕탕탕 발길질?
우당탕 돌세례?
닫힌 문은 절대 힘으로 열리지 않는다.
열쇠가 있어야 열린다.
사람의 닫힌 가슴을 여는 열쇠는
화사한 웃음, 따뜻한 사랑, 진실한 배려.

밥

자동차에 자동차의 밥인 휘발유가

한 방울도 없다고 상상해 보라.

0.1미터도 달릴 수 없다. 스톱 상태, 동작 그만!

사람도 3일만 굶어보라. 일어날 힘도 없다.

휘청거리다가 쓰러질 것이다.

그렇다면 정신의 밥은 무엇일까?

성공한 사람의 85%가 성공비결을 묻는 기자에게

'자신감'이라고 대답했다.

자신감 있는 사람은 능력의 500퍼센트까지 발휘할 수 있다.

자신감 없는 사람은 능력의 30퍼센트도 채 발휘할 수 없다.

빌 게이츠도 성공비결을 '자신감'이라고 말한다.

살다 보면 간혹 밥은 굶을 수 있지만

자신감이라는 밥은 절대 굶지 말자.

최고의 명함

누군가를 처음 만났을 때

우리는 명함을 주고 받는다.

○○○ 회사 ○○○

그러나 최고의 명함은 첫인상이다.

웃음다발, 유쾌다발, 배려다발~

3 · 다 · 휴먼이 되는 것…… 그것이 최고의 명함이다.

그렇다면 최악의 명함은 무엇일까?

3 · 치 · 무 · 인간!

눈치, 코치, 염치가 없는 것~

오늘도 당신은 누군가를 만날 것이다.

최고의 명함을 항상 '휴대' 하자.

신호등

길을 갈 때 빨간 신호등이 켜지면 '스톱' 해야 한다.

파란신호등이 켜지면 다시 '고!'

우리 마음에도 하루에 몇 번씩 '빨간 신호등'이 켜진다.

'이것은 할 수 없어. 이게 내 한계야.'

그럴 때마다 빨리 '파란 신호등'으로 바꿔라.

'난 할 수 있어. 저 사람은 하는데 나는 왜 못해?'

느낌표와 물음표

희망은 느낌표다.

! – 에너지 발사, 축 성공

절망은 물음표다.

? – 에너지 압사, 축 사망

라스트와 스타트

'끄트머리'라는 글자를 유심히 바라보라.
끝과 머리가 붙어 있지 않은가?
라스트는 끝이 아니고 또 다른 스타트다.
끝이 아니라 시작!
라스트와 스타트의 거리는 불과 0.001밀리미터!
성공하는 사람은 스타트를 생각하지만
실패하는 사람은 라스트를 생각한다.

징크스

사람들은 말한다.

"4자만 보면 기분 나빠. 죽을 '사死'잖아?"

"꿈에 이가 빠지면 하루 종일 재수 없어. 하는 일마다 꼬여."

징크스는 당신의 인생을 묶는 수갑, 족쇄다.

왜 스스로를 감옥에 가두는가?

사사건건 발목 잡는 '징크스'를 버려라!

자신을 자유롭게 해방하라!

인생의 쪽방에서 넓은 들판으로 이사하라!

"4자만 보면 기분 좋아. 사랑할 '사'잖아?"

거짓말처럼 가슴이 달콤해진다.

개미

우리가 손으로 개미를 들어올리면?

개미에게 '휴거'가 된다.

물을 쏟아 부으면?

개미들은 "물난리, 대홍수야. 빨리 대피해"라고 한다.

입술로 휘리릭 개미를 불어 날리면?

개미들은 태풍으로 여기고 무서워서 도망간다.

조물주가 바라볼 때 우리도 개미와 비슷하지 않을까?

그러니 잘난 척 호들갑 떨 것도,

가진 것 없다고 기죽을 필요도 없다.

생각의 위치

Opportunity is no where!

이 문장에서 글자 하나만 위치를 바꿔보라.

Opportunity is now here!

'기회는 없다'가

'기회는 지금 여기에'로 돌변한다.

신기하지 않은가?

글자 하나의 위치는 생각의 위치!

생각의 위치가 인생의 위치를 결정한다.

'감'씨 삼형제

내 가슴속에는 '감'씨 3형제가 살고 있다.

감사, 감동, 감탄

'감'씨 삼형제 덕분에

나는 날마다 사정없이 행복하다.

오행오즐

가족들과 아침마다 합창해 보자.

♪ ♫오행오즐♪

'오' 늘도 '행' 복하게 ♪

'오' 늘도 '즐' 겁게 ♪

가슴속에 행복의 파도가 출렁인다.

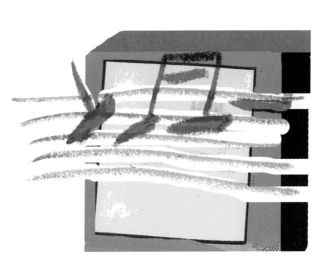

하루살이

우리는 천년만년 살 것처럼 생각하기에
오늘 할 일을 내일로 미룬다.
오늘이 나에게 주어진 딱 하루 '최후의 날'이라고 생각한다면?
함부로 살 수도 없고, 대충대충 시간을 낭비하지도 않을 것이다.
그래서 우리는 하루살이 인생을 벤치마킹해야 한다.
아침에 태어나고 저녁에 죽는 하루살이!
그렇게 순간순간 최선을 다해서 살아야 한다.

신新 지킬박사와 하이드

이 시대 우리는
'신新 지킬박사와 하이드'가 될 필요가 있다.
이중인격자가 되라는 소리가 아니다.
밤과 낮을 철저히 분리해서 살자는 것이다.
낮에 열심히 일해서 피곤한 밤,
집에 가서 침대에 쓰러져 있는데 따르릉 전화벨이 울린다.
좋아하는 친구가 유혹한다.
"스페셜 이벤트야. 근사한 곳에서 한 턱 쏠게, 빨리 나와!"
언제 피곤했느냐 싶게 후다닥 달려간다.
스스로 이벤트를 만들어라.
재즈댄스를 배우기도 하고 전자기타를 치면서
낮에 열심히 일한 당신,
밤에는 자신을 위해 신나게!

인생의 NG

NG − No Good을
NG − Nice Good으로 바꿔라!
노 굿 인생은 칙칙하지만
나이스 굿 인생은 눈부시다.

두 마디

기네스북에 '세상에서 가장 오래 함께한 부부'로 기록돼 있는
영국부부에게 기자가 물었다.
"83년 동안 한결같이 행복하게 산 비결이 무엇입니까?"
"그저 딱 두 마디만 자주 말하면 돼."
"미안해, 여보!"
"알았어, 여보!"

테마

날마다 테마를 정하라.

월요일 – 칭찬하는 날

화요일 – 편지 쓰는 날

수요일 – 헐렁헐렁 사는 날

목요일 – 대청소하는 날

금요일 – 아무 이유 없이 그냥 웃는 날

토요일 – 영화를 보는 날

일요일 – 책을 읽는 날

자기 현실에 맞게 테마를 정해서 살면

닝닝한 일상에 반짝반짝 금박이 입혀진다.

기부

누군가를 위해 기부하는 것
이름을 알리지 않고 자선행위를 하는 것
도네이션은 인생의 '스페셜 디저트!'

푼수

푼수는 행복한 사람이지만
분수를 모르는 사람은 불행하다.

푼수는 헛된 기대를 하지 않지만
분수를 모르는 사람은
대접받기를 원한다.

푼수는 실패도 성공으로 바꿀 수 있지만
분수를 모르는 사람은
성공도 실패로 만들어버린다.

10년

우리는 한숨을 내쉬면서 말한다.

"10년만 더 젊어진다면 얼마나 좋을까?"

한숨만 내쉬지 말고 현실로 만들어라.

당신이 10년 젊다면 무엇을 가장 하고 싶은가?

그것을 지금 당장 하라.

나이를 되돌리는 것,

젊음을 되찾는 것,

그것을 할 수 있는 사람은 자기 자신뿐이다!

구두쇠

우리 주변엔 구두쇠들이 많다.

● 거의 웃을 줄 모르는 웃음구두쇠

● 마음을 표현할 줄 모르는 표현구두쇠

● 사랑을 나눌 줄 모르는 나눔구두쇠

구두쇠들의 지갑은 언제나 텅텅 비어 있다.

고독만 철철 넘칠 뿐, 행복의 잔고는 제로~

012

새

새 소리를 들으면서
"어머, 새가 우네!
슬픈 일이 있나봐. 줄초상이라도 났나?"
이렇게 말하는 사람은 비관주의자
"우와! 새가 노래한다!
전국노래자랑이라도 하는 거 아냐?
금메달 수상자는 스타가수가 되겠지?"
이렇게 좋아하는 사람은 낙천주의자

초능력

어느 곳에나
어느 것이나
불가능은 없다.
당신 안에 숨어 있는 초능력을 꺼내기만 한다면!
초능력을 풀가동해서 사용하기만 한다면!

셔터문과 회전문

셔터문은 문을 열기도 닫기도 힘들고
게다가 자물쇠까지 채워져 있다.
반면에, 회전문은 누구나 들어가고 누구나 나갈 수 있다.
사람도 셔터문 같은 사람이 있다.
자기 마음에 드는 사람한테만 여권, 비자 내주고
마음에 안 들면 "출입금지, 들어오지 마!" 팻말 세워놓는다.
셔터문 달고 살면 고독하지만, 회전문 달고 살면 행복하다.
하루에 최소 3만 마디 말을 하지 않으면
몸 안에 노폐물이 쌓여서 병이 된다고 한다.
마음속의 셔터문을 회전문으로 바꿔라!

Yes와 No

오프라 윈프리의 성공법칙은 간단명료하다.

"NO! 라고 말할 줄 아는 용기를 가져라."

소심쪼잔한 성격의 나 역시 우유부단하기 짝이 없었다.

NO! 라고 말하지 못하고 머뭇머뭇, 주뼛주뼛 거리다가

수많은 '에러'를 발생하곤 했다.

이제 우리 모두~

NO는 확실하게 "NO!"

YES는 확실하게 "YES!"

인생 여행

3박 4일 여행을 할 때도 준비물을 챙긴다.

그런데 80~90년 긴 인생 여행엔 준비물을 챙기지 않는다.

다음과 같은 네 가지 준비물만 있으면 행복한 여행이 되지 않을까?

- 두레박 – 슬픔에 빠질 때 빨리 자신을 건져올릴 것. 그냥 두면 한없이 빠져든다.
- 사다리 – 누군가 미워질 때 빨리 사다리 타고 높이 올라가그를 바라볼 것. 그 사람이 보일 듯 말 듯 어슴푸레해지며 측은지심이 생긴다.
- 색안경 – 여러 가지 색깔의 안경을 바꿔 끼며 인생을 바라볼 것. 삶이 훨씬 버라이어티해진다.
- 망원경 – 현실이 불평스럽더라도 망원경으로 멀리 미래를 바라볼 것. 그러면 비전, 꿈이 보인다. 현미경으로 현실을 바라보면 세균만 득시글득시글 보이지 않겠는가!

세 개의 '사' 자

세 개의 '사' 자와 사랑에 빠져라.

- 인사 – 내가 먼저 웃으며 인사하자. 상쾌한 기분이 당신을 휘감는다.

- 감사 – 사사건건 감사하자. 엔도르핀의 5천 배인 다이돌핀이라는 호르몬이 분비된다. 건강지수 상한가!

- 봉사 – 남을 위해 봉사하면 자기 자신이 더 즐겁다. 봉사가 주는 보너스는 무한대 기쁨! 짜릿한 희열!

사모님은 死모님?

사소한 일까지 남이 다 해결해 주는 사모님.

기능은 점점 퇴화된다. 인생은 닝닝하고 심심하다.

숨만 쉬고 있을 뿐 88한 인생은 이미 끝났다.

할 일이 없다는 것처럼 불행한 일이 또 있을까?

아무리 사모님이라도 스스로 할 일을 찾아야 한다.

존재 가치를 찾아야 사모님은 죽을 사死자 '사'모님이 아니라

사랑할 사자 '사' 모님이 된다.

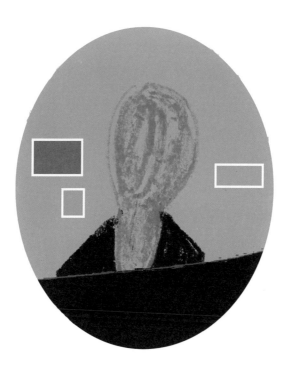

출발점과 도착점

1986년 뉴욕에서 세계 마라톤대회가 열렸다.

마라톤대회 조직위원회는 그날 저녁에 대회종료를 알리고

폐회를 선포했다.

그런데 4일 후에 어떤 사람이 전화를 해왔다.

"아직도 달리고 있는 사람이 있습니다!"

조직위원회는 그의 신고를 받고 달려가 확인했다.

보브 윌랜드라는 이름을 가진 41세의 남자.

월남전에 참전해서 두 다리를 잃은 그는 두 팔꿈치에

가죽보호대를 하고 두 팔로 '달리고' 있었던 것이다!

그의 기록은 4일 12시간 17분 18초였다.

그는 골인지점에 도착해서 이렇게 말했다.

'인생은 어디서 출발했느냐? 그것은 그다지 중요하지 않다.

어디에 도착할 것인가? 그것이 훨씬 더 중요하다.'

그렇다. 우리의 과거는 출발점에 불과하다.

출발점보다 훨씬 더 중요한 것은 우리의 미래, 도착점이다!

1분

하루에 1분만 세상을 껴안아보자.

하루에 1분만 자기 자신과 뽀뽀를 해보자.

쪽!

뽀!

인생이 찰랑찰랑~ 기분 좋게 나부끼는 소리!

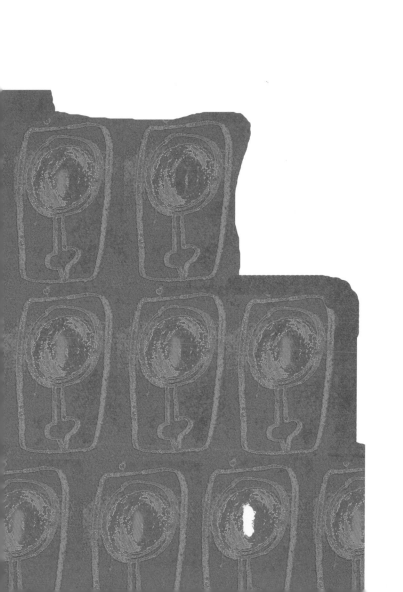

3척동자

잘난 척, 있는 척, 가진 척
이런 3척동자는 4자성어로 압축된다.
재수없어!
그래서 우리는
자나깨나 겸손~
잊지말자, 겸손~

칼과 능력

똑같은 것도 어디서, 무엇에 사용되느냐에 따라
결과는 완전히 다르다.

골목길에서 조폭들이 사용한다면
칼은 무서운 흉기.

주방에서 사용한다면
칼부림은 예술이 된다.

사람의 능력도 마찬가지다.
어디서, 무엇에 사용되느냐에 따라서
선이 되고 악이 된다.
성공 에너지가 되고 실패 에너지가 된다.

콩나물

말끝에 콩나물 대가리 몇 개만 얹어보자.
"너 왜 그래?" 하고 소리칠 것을
"너어 왜에 그래에♪♪?"라고 말하면
듣는 사람, 말하는 사람 모두 유쾌해진다.
우리가 태어날 때 '뮤지컬배우'라고
이마에 스티커 붙이고 나오는 사람 아무도 없다.
말끝에 콩나물 대가리 ♪ 몇 개만 얹어주면
누구나 웃음꽃 만발, 행복한 뮤지컬 배우가 될 수 있다.

3From 정신

성공은 블록버스터가 아니다. 스펙터클이 아니다.
작은 것, 소박한 것부터 시작된다.
3From정신을 생활화하라.
From me 나부터 먼저!
From now 지금부터 당장!
From small 작은 것부터 시작!

숨은 그림

인생은 '숨은 그림 찾기' 다.
눈을 크게 뜨고 찾아라!
당신이 꿈꾸는 모든 것이
세상 어딘가에 숨어 있다.

실패

실패도 '재산' 이다! 실패를 두려워하지 마라!
에디슨은 하나의 발명을 위해
무려 9,999번의 실패를 했다.
그럴 때마다 에디슨은 이렇게 말했다.
"실패야, 고맙다. 내가 너를 통해서 많은 것을 배웠으니까!"
넘어지는 것은 실패가 아니다.
넘어져서 다시 일어서지 못하는 것이 실패다.

자존심

진짜 자존심은 콧대의 '높이'가 아니라 마음의 '깊이'다.
다른 사람이 나를 무시한다고 속상해 하지 말자.
내가 콜라인데 누군가 나를 "사이다야!"라고 부른다고 해서
내가 사이다가 되겠는가?
아무리 다른 사람이 나를 무시한다고 해도
나는 '나'일 뿐이다.

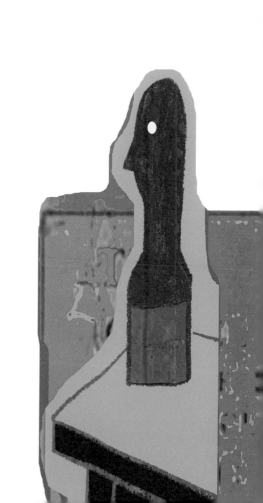

스트레스 퇴치법

스트레스? 올 테면 와라.

'단체입장'도 대환영!

스트레스를 두려워하지 않고

즐긴다면? 웃어버린다면?

스트레스도 아마 창피해서 도망가고 말 것이다.

스트레스의 샅바를 잡고 뒤집어버려라.

흥~ 하고 콧방귀를 날려버려라.

그것이 스트레스 퇴치법이다.

멋진 사람

인생이 노래처럼 잘 흘러갈 때는
누구나 웃을 수 있다.
그러나 진짜 멋진 사람은?
일이 잘 안 풀릴 때도
방긋방긋^^ 생글생글^^ 웃는 사람이다.

고정관념

사람들은 잘못된 고정관념에 사로잡혀 있다.

10대는 샘플

20대는 인기상품

30대는 명품

40대는 기획상품

50대는 반액세일

60대는 창고세일

70대는 분리수거

80대는 폐품처리

그러나, 지금 당장 우리 주변을 둘러보라.

위 분류가 얼마나 사실과 다른 고정관념인지 금세 알 수 있다.

20대도 창고세일해서 후다닥~ 치워버릴 사람이 있고

70대 명품도 있지 않은가?

웃음

웃음은 성공의 '면허증' 이다

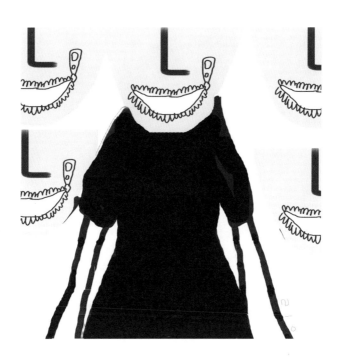

닮은 꼴

수퍼맨과 수다맨은 닮았다.

수퍼맨~

능력 과다사용자

수다맨~

입술 과다사용자

떴다, 왕초보!

어떤 초보 운전자 자동차 창문에

이런 스티커가 붙어 있었다.

'떴다, 왕초보'

얼마나 유쾌한가?

사회생활을 갓 시작한 신입사원도

양복 등짝에 '떴다, 왕초보'라고 붙이고 다니면 어떨까?

누구나 첫 경험을 할 때는 실수하기 마련이다.

실수를 부끄러워하지 말자.

실수를 감추면 오히려 더 큰 실패가 된다.

실수는 도전을 한 사람들에게

필수적으로 따라오는 세금

당당하게 실수하자.

성공의 예고편

성공은 예고편이 없다.
어느 날 갑자기
휘리릭 '빛의 화살'이
심장에 날아와 꽂히는 사랑의 감정도 아니다.

성공은
죽기살기 '순수투혼'과 긍정적 인내,
그리고 진실한 배려가 필수코스다.

꽃보다 나무

성공도 사람관계
행복도 사람관계
꽃은 예쁘지만 며칠 되지 않아 시들어버린다.
나무는 처음엔 보잘것없지만
정성으로 가꾸면 초록색 잎이 우거지고
거대한 숲으로 자란다.
사람관계에는 꽃보다 나무를 심어라!

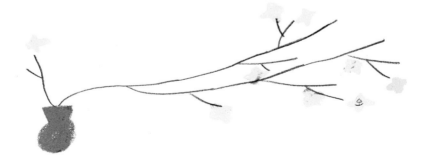

바보 CEO

진짜 바보는
사소한 것에 에너지를 팍팍 쓰는 사람.

쓸데없이 화내지 마라.
이유 없이 누군가를 미워하지 마라.
그것처럼 어리석은 사람은 없다
몸에서 에너지가 팍팍 새나간다.
'고비용저효율' 시스템으로 살고 싶은가?
'바보주식회사'의 '바보 CEO'나 하는 짓이다.

인생코드

당신은 지금 우아한 정장만 고집하고 있지 않은가?

가끔 산뜻한 캐주얼로 바꾸면 어떨까?

외모를 바꾸면 인생의 코드까지 바뀐다.

정장차림으로 살 때는 우아한 생각만 하는데

캐주얼로 바꾸면 생각도, 표정도 자유로워진다.

파란색 물감을 칠한 것처럼 싱싱해진다.

110볼트 아날로그 인생이

220볼트 디지털 인생으로 진화한다!

동영상

인생은 '정지화면'이 아니라 움직이는 '동영상'이다.
한 번 좋다고 영원히 좋을 수 없다.
오늘 어떻게 사느냐에 따라
내일이 달라지고, 움직이고 변화하는 동영상.
그것이 바로 우리가 열심히 살아야 하는 이유!

관계

물건을 십 년 이십 년 사용하면 닳고 깨지고 부서진다.

그러나 사람관계는?

시간이 지날수록 더 두터워지고 따뜻해지고 튼튼해진다.

그것이 사람의 신비다.

사람 사이의 '정情'은 무엇으로도 자를 수 없다.

이 세상 어떤 가위로도 자를 수 없다.

어떤 불로도 태울 수 없다.

미래

우리는 미래를 볼 수 없다.
미래가 우리 눈에 보이지 않는 것은
없기 때문이 아니라 너무 눈부시기 때문이다.
내일 역시 볼 수는 없지만 분명히 있듯이
미래는 눈부시게 존재한다.

슬픔특효약

하하호호가가갈낄낄껄껄깔깔
히히헤헤후후흐흐푸하하 ^^

꽃보다 아름다워

사람이 꽃보다 아름다운 이유?

1. 유통기한이 길다

   꽃은 눈보라 폭풍우에 져버리지만 사람은 오히려 꿋꿋하게
   이겨낸다.

2. 변화무쌍하다

   한 번 국화꽃은 영원히 국화꽃. 그러나 사람은 수시로 변한다.
   억만장자가 노숙자로, 노숙자가 백만장자가 되기도 한다.

3. 향기가 제각각이다

   꽃은 향기가 비슷하지만 사람은 다 다르다.
   일란성쌍둥이 샴쌍둥이도 다르다. 성격, 느낌, 향기가 다르다.

닦고 조이고 기름치자

옛날 자동차 정비소에 가면 큰 글씨로 이렇게 적혀 있었다.

"닦고 조이고 기름치자!"

사람도 자동차와 마찬가지다.

날마다 '닦고 조이고 기름치지' 않으면 금방 녹슬고 만다.

비켜라, 운명아!

세 개의 사자성어를 가슴에 품고 산다면?
그 사람은 "비켜라, 운명아" 소리칠 자격이 있는 사람이다.

'무한도전, 좌절금지, 포기불가!'

와르르 무너지고 싶을 때
이 세 개의 사자성어로 자신을 통째로 '포획' 해 버려라.
거짓말처럼 몸이 다시
'싱싱 에너지'로 꽉꽉 채워질 것이다.

성공 씨와 실패 씨

성공 씨와 실패 씨가 살고 있다.

그들에게 누군가 물었다.

"이 방에서 저 방으로 가려면 어떤 방법이 있습니까?"

실패 씨가 인상을 찌푸리면서 말했다.

"아니, 그것도 모르오? 방문을 열고 들어가면 될 거 아뇨?"

"꼭 그 방법밖에 없을까요?"

"아니, 그럼 무슨 다른 방법이 있단 말이오?"

그때 성공 씨가 눈을 반짝이면서 대답했다.

"제 생각엔요, 수십 가지 수백 가지도 더 있을 거 같아요.

두 발로 성큼 성큼 걸어갈 수도 있고요, 한쪽 발로 깽깽 뛰어갈
수도 있고요.

물구나무 서서 갈 수도 있고요, 오리뜀을 해서 갈 수도 있어요.

그런데 저에게 시간을 주신다면 저는 일단 공항으로 가겠어요.

도쿄로 가서 뉴욕으로 가서 그리스로 가서 세계를 한 바퀴 뺑
돌고 다시 저 뒤 창문을 열고 들어가겠어요!"

그렇다. 똑같은 일을 하면서도

딱 한 가지 방법밖에 없다고 생각하는 실패 씨

수백 가지, 수천 가지 방법이 있다고 생각하는 성공 씨가 있다.

열정의 불꽃

씨앗 없이 피는 꽃

가장 힘이 센 꽃

가장 뜨거운 꽃

사람을 통째로 변화시키는 꽃

역사를 새롭게 만들어내는 꽃

성공비타민

당신이 성공하고 싶다면?

날마다 세 가지 비타민을 일용할 양식처럼 복용해야 한다.

1. 웃음 비타민

   웃으며 일하면 능력의 500퍼센트까지 발휘된다.

2. 용기 비타민

   두려움을 도전으로 대역전시킨다.

3. 열정 비타민

   사용할수록 팝콘처럼 더욱 부풀어오른다.

전직

당신의 전직은 무엇이었는가?

나의 전직은 신생아였다.

신생아 때의 깨끗함, 순결함으로 날마다 복원하고 싶다.

신 – 신나게 살기

생 – 생긴 대로 살기

아 – 아, 거짓은 절대 안 돼!

태양

해마다 1월 1일이 되면 사람들은 동해로 떠난다.
눈부시게 떠오르는 태양을 보기 위하여!
그러나 자동차 정체로 짜증을 내기도 하고
태양이 구름에 가려 발을 동동 구르기도 한다.
나는 그들에게 묻고 싶다.
태양을 보기 위하여 꼭, 그 먼 동해바다까지 가야 하는가?
가슴속에 붉은 태양,
눈부신 태양 하나씩 띄우고 살면 될 것을!
날마다 동해바다로 떠날 수 없는 사람들은
마음속의 눈부신 태양 하나씩 띄우고 살자!

호호상

우리 시어머니는 91세에 돌아가셨다.

사람들은 호상이라고 말했다.

나는 진지하게 반문했다.

"그렇게 말씀하시면 안 되죠!"

사람들은 내 표정에 짓눌려서 재빨리 정정했다.

"어머, 죄송합니다."

나는 시침 뚝 떼고 말했다.

"어떻게 한 번만 웃어요? 최소한 두 번은 웃어야죠.

호호상이죠."

사람은 어떤 순간에도 웃어야 한다.

내가 지금 당장 세상을 떠난다 해도 그것은 호상이 아니다.

호호호호호상이다!

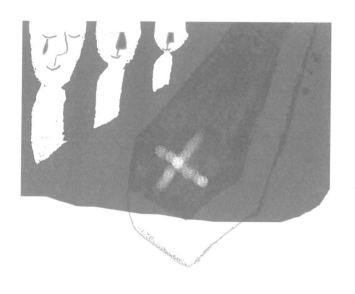

100℃

물은 100℃가 되어야 끓는다.
1℃만 부족해도 절대, 결코, 끓어오르지 않는다.
당신은 지금 열정 100℃로 살고 있는가?
1℃라도 부족하면 당신은 꿈을 이룰 수 없다.
당신이 비록 하찮은 것을 할지라도
당신의 전부를 몽땅 바쳐야 한다.
100℃로 팔팔 끓어올라야 한다.

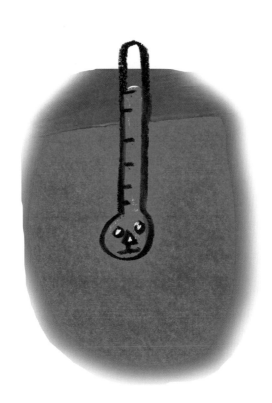

거지

아무것도 갖지 못한 사람을 우리는 거지라고 부른다.

언제나 바쁘다고 투덜대는 사람은 시간거지.

게슴츠레한 눈빛으로 도전할 줄 모르는 사람은 열정거지.

한 번도 사랑해본 적이 없다고 자랑하는 사람은 사랑거지.

무엇 하나 마음에 드는 것이 없는 사람은 행복거지.

당신도 설마 거지인생?

3가지 '자'

3가지 '자'랑 놀면 8자가 달라진다.

난데없이 웬 3자 타령?

영자, 순자, 정자가 아니다.

맹자, 공자, 장자 반열에 오른 3자는

뛰자, 빼자, 끊자.

뛰자 – 제아무리 빛나는 꿈이 있어도 건강 없으면 끝.

　　　일단 뛰어야 산다.

빼자 – 육체의 다이어트보다 정신의 다이어트가 더 중요하다.

　　　나쁜 생각들을 빼내자.

끊자 – 술, 담배, 나쁜 습관들은 과감하게 끊자.

3자랑 놀면 8자가 달라지는 것은 시간문제다.

방부제 없는 사람

어떤 사람이 나에게 전화를 했다.

"저 지금 우울해요. 죽어버리고 싶어요."

"그래? 그것은 네가 방부제 처리가 안 돼 있다는 증거야.

지극히 정상적인 사람이라는 거지."

그렇지 않은가? 인생은 기뻤다 슬펐다 하면서 사는 것.

어찌 날마다 즐겁기만 할 수 있겠는가?

나 역시 하루에도 수천 번씩 마음이 오락가락한다.

연기처럼 뽀옹~ 사라질 수만 있다면

세상을 떠나고 싶을 때도 많다.

그러나,

그래도 살아야 하는 것이 인생.

이왕 살 바엔 즐겁게 행복하게!

시간은 고무줄

시간은 누구에게나 평등하다.

노숙자, 대통령, 신생아, 할머니에게도

하루 24시간 똑같이 무료로 분양된다.

그러나 시간은 고무줄.

게을러터진 사람에게 하루는 10시간도 채 안 된다.

틈새시간을 활용하는 사람에게

하루는 30시간 40시간도 될 수 있다.

96세에 대학에 합격한 우타가와 도요쿠니 할아버지는

합격비결을 묻는 기자에게 이렇게 대답했다.

"비결? 그런 거 없어!

그냥 새벽에 30분 더 일찍 일어나고

저녁에 30분 더 늦게 잤어."

미국 20대 대통령 제임스 가필드도 유명한 말을 했다.

"10분이 내 인생을 바꿨다!"

그는 대학시절 라이벌 친구보다 10분씩 더 일찍 일어났다.

바로 그것이 자신을 대통령으로 만들어준 이유라는 것이다.

하루 10분? 우습게 보지 마라.

1달이면 5시간, 1년이면 무려 60시간이 된다.

60시간이면 얼마나 많은 기적을 만들어낼 수 있는 시간인가?

시간 고무줄을 죽죽 늘려라.

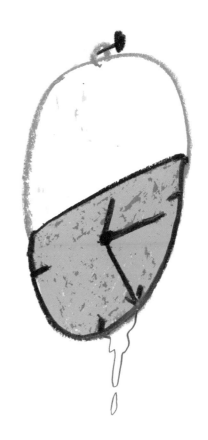

마음속 종양

우리 마음속에 쑥쑥 자라고 있는 종양들.
욕심, 미움, 편견, 게으름, 분노, 포기
지금 빨리 제거해라.
종양을 그냥 두고 방치하면 자꾸 커진다.
결국 우리를 집어삼킬 것이다.

우선순위

인생은 한 편의 영화와도 같다.

내가 시나리오를 쓰고 감독도 해야 한다.

주인공 역시 당연히 나의 몫이다.

그런데 스스로 주인공이기를 포기하는 사람들이 너무 많다.

다른 사람의 말에 휩쓸리고

다른 사람의 행동을 그대로 따라가는 사람들.

인생의 우선순위 첫번째는?

당신 스스로 인생의 주인공이 되어

시나리오를 쓰는 것이다. 그것은 바로 목표설정!

천 억짜리 빌딩

걸어다닐 수 있는 두 다리
포옹할 수 있는 두 팔
먹을 수 있는 입
들을 수 있는 귀
통장에 천 억이 있고 누워만 있으면 무슨 소용인가!
건강한 몸은 천 억짜리 빌딩보다 더 비싼 빌딩이다.
건강할 때 관리 잘할 것!

양계장 닭? 야생 닭!

직장인들은 자기가 양계장 닭이라고 투덜댄다.
사업하는 친구를 야생 닭이라고 부러워한다.
그러나 직장에 묶여 있어도
자기계발에 열정을 태우는 사람은 야생 닭
자기사업을 하면서도
남의 눈치에 묶여 있다면 양계장 닭이다.

꿈 = 술

한글사전 속에는 수억 개의 단어가 있다.

그중에서 가장 섹시하고,

가장 몽롱하게 우리를 취하게 하는 단어는?

'꿈'이다.

꿈은 우리를 취하게 한다.

그러나 꿈에 취하면

비틀비틀 갈 지之자 걸음을 걷지 않는다.

오히려 씩씩하고 빠릿빠릿하게 만든다.

앞으로, 미래로, 쭉쭉 뻗어나가게 해준다.

도발에너지로 무장시켜준다.

도수 무한대의 꿈이라는 술.

언제나 기분 좋게 취하게 하는 술, 꿈!

버스

1000번 버스는 일산으로 간다.

5500번 버스는 분당으로 간다.

1000번 버스를 타고

왜 분당으로 가지 않느냐고 항의하면 안 된다.

당신은 지금 무슨 버스를 기다리고 있는가?

인생 성공버스?

인생 실패버스?

가정

가정은 '쉼표'를 찍는 곳이다.

우리의 영혼을 쉬게 해주는 곳

무거운 삶의 지게를 내려놓고

가벼운 날개로 해방되는 곳.

그러나 쉼터가 싸움터로 바뀌는 가정이 늘어나고 있다.

집만 아니면 어디든지 갈 수 있다고

외치는 사람들이 늘고 있다.

자동차는 일방적 과실로 사고가 날 수 있지만

인간관계는 쌍방과실이다.

함께 노력해야 한다.

북극성

별자리는 계절마다 자리를 옮긴다.
그러나 북극성만은 언제나 그 자리!
당신 가슴 안에도 언제나 변치 않는 불변의 사랑,
북극성 같은 사람이 있는가?
그렇다면 당신은 행복한 사람이다.
활활 타오른 적이 있었다는 증거다.
가슴속에 북극성이 있다면
당신은 걸어다니는 별이다.

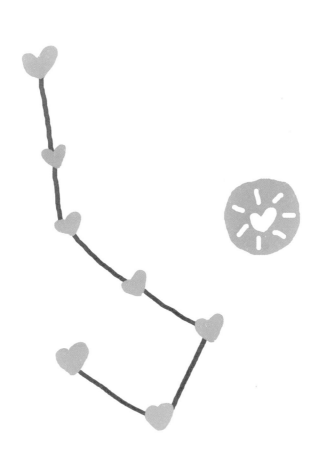

노후 준비

행복한 노후를 준비하기 위해서 3대 저축은 필수다.

1. 건강 저축

2. 돈 저축

3. 실력 저축

버려야 할 것도 3가지

노여움, 노파심, 노욕

기억과 추억

기억은 시간이 쌓인 것이지만
추억은 기억에 플러스 알파가 더 있다.
시간이 쌓여 있는
그 위에 '향기'가 얹혀 있는 것.

벼룩

상자 속의 벼룩은 불과 2센티미터밖에 뛰지 못한다.

그러나 상자 밖에 있을 때

벼룩은 무려 50센티미터까지 솟아오를 수 있다.

지금 상자 속의 자신을 당장 꺼내야 한다.

마음껏 솟아올라야 한다.

3감 3칭

밤에 잠들기 전에 생각해 보자.

오늘 하루 감사할 3가지,

오늘 하루 자기 자신에게 칭찬해 줄 3가지.

몸속에 행복에너지가 쫘악 퍼지면서

쌔근쌔근 꿈나라로 떠날 수 있다.

걸림돌과 디딤돌

길을 걷다
돌 하나가 갑자기 발에 부딪힌다.
현명한 사람은 그 디딤돌을 딛고
어리석은 사람은 그 걸림돌을 발로 차버린다.

채널

TV를 볼 때 어떤 채널을 보는가?

그것에 따라 마음상태가 달라진다.

병원다큐, 교통사고 뉴스, 모자이크 처리된 대형 사고를 보면

슬프고 우울하다.

그러나 스포츠경기, 수다 토크프로, 로맨틱 시트콤을 보면

마음도 유쾌해진다.

우리 가슴속에도 대형화면이 있다.

어떤 채널로 리모컨을 돌리느냐에 따라

자신의 일상은 유쾌하게 혹은 슬프게 달라진다.

유쾌한 채널로 리모컨을 이동하라.

명랑소녀

세브란스 병원 유방암환자들에게 강의를 했다.
그들을 어떤 말로 위로해 줄 수 있을까?
가기 전에 많은 걱정을 했지만 그들을 보는 순간,
그 걱정은 하늘로 날아가버렸다.
그들은 그야말로 빛나는 '명랑소녀'들이었다.
사사건건 하하호호 웃었다.
호시탐탐 깔깔껄껄 뒤집어졌다.
비록 가슴은 없었지만
기쁨을 찾고 희망을 만드는 가슴은
누구보다도 아름다웠다!
절망의 끝까지 가봤기에
징징거리고 살 시간이 아깝다고 말했다.

1%가 99%를 이길 수 있다!

나는 사회생활을 시작할 때
말할 수 없는 설움과 구박을 받았다.
'포기'하고 싶은 마음 99%를
1%의 '오기'로 뒤집어버렸다.
내 마음 전체에 무쓰를 발랐다.
그래서 오기탱천!

분실물 센터

인생은 분실물 센터가 없다.
잃어버린 우산이나 지갑은 간혹 찾을 수 있지만,
한번 낭비해 버린 인생은 절대 찾을 수 없다.
세상 어디에 가도 그 흔적조차 없다.

로열석과 입석

우리는 대개 자신만이 옳다고 굳게 믿고 산다.

그래서 언제나 요지부동

다른 사람이 먼저 변해 주기를 기대한다.

따지고 보면 이것은 얼마나 불공평한 일인가?

자신은 언제나 편안한 '로열석'에 앉아 있고

다른 사람만 '입석'으로 불편하게 서 있으라고 하는 것이다.

자신이 먼저 변해야 한다.

자신이 먼저 달라져야 한다.

변화의 '화살표'는 남에게 겨누는 것이 아니다.

바로 자기 자신에게 겨누어야 한다.

당신은 지금 로열석인가? 입석인가?

조폭 3총사

힘 센 주먹으로 사람을 때려야만 조폭이 아니다.
우리 인생을 와장창 무너뜨리고
불행하게 하는 조폭이 있다.
편애, 편식, 편견
우리가 절대 멀리 해야 할 조폭 3총사
그들은 불행의 '총'을 감추고 우리를 겨누고 있다.
조폭 3총사를 물리쳐야 마음껏 행복해질 수 있다.

사람 난로

날씨가 추워지면 사람들은 움추러든다.

그럴 땐 옆사람을 껴안아보자.

물론 전혀 모르는 사람을 껴안으면 경찰서로 끌려가야 한다.

사랑하는 가족부터 껴안아보자.

아이들, 아내, 남편, 이모, 고모, 삼촌……

몸도 마음도 따뜻해진다.

사람처럼 '따뜻한 난로'는 없다.

두 사람

우리들 마음속에는 두 사람이 함께 살고 있다.

게으름장이와 부지런장이

악마와 천사

콩쥐와 팥쥐

흥부와 놀부

웃음보와 울보

순간순간 어느 쪽 손을 들어주느냐에 따라

악마가 되기도 하고 천사가 되기도 한다.

'귀차니스트'가 되기도 하고 '팔팔니스트'가 되기도 한다.

콩쥐가 되기도 하고 팥쥐가 되기도 한다.

모든 것은 당신의 선택에 달렸다!

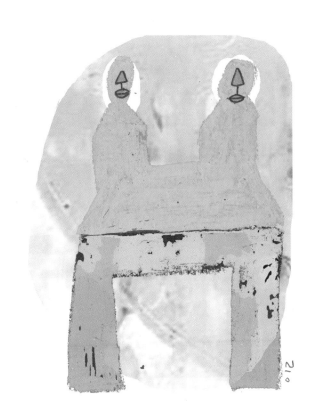

곱하기

1+1=2, 1−1=0

사랑은 곱하기.

30더하기 30은 60이지만 곱하면 무려 900이다.

사랑으로 마음을 모으면 놀라운 화학작용이 일어난다.

미움은 나눗셈, 기운이 쑥쑥 빠져나가는 나눗셈.

사람끼리 만나면 사랑의 곱하기만 하고 살자.

사람, 사랑, 삶⋯⋯ 발음도 원리도 같다.

태어난 고향이 같다.

유쾌한 3총사

희망과 용기, 그리고 행복은 유쾌한 3총사다.

희망은 기분 좋게 잘생겼으니까 꽃미남

용기는 빡쎈 에너지를 충전해 주니까 터프남

행복은 가슴을 충만함으로 펄럭이게 하니까 완소남.

브라보 뻔뻔! 브라보 라이프!

나는 주장한다.
뻔뻔할수록 인생이 즐겁다고.
얼굴에 철판을 깔고 살면
인생의 스펙트럼이 넓어진다고.

일반타이어를 장착하면 빙판길에 미끄러지기 쉽다.
그러나 광폭타이어, 전천후 타이어를 장착하면
어떤 빗길도, 눈길도 쾌속 질주할 수 있다.
얼굴에 철판을 깔고 뻔뻔하게 사는 것이
전천후 타이어를 장착하는 것과 같다.
더구나 이 시대는 뻔뻔(FUN FUN) 시대가 아닌가?
자기도 즐겁고 다른 사람도 즐겁게 해주는 것
그것이 '뻔뻔정신' 이다.

결혼의 3단계

결혼을 크게 나누면 다음과 같은 3단계가 있다

1. 신혼기 – 사생사사

   사랑에 살고 사랑에 죽는다. 뭐든지 사랑으로 오케이!

2. 권태기 – 돈생돈사

   돈에 살고 돈에 죽는다.

   돈만 많이 벌어오면 오지에 출장가도 좋아 좋아.

3. 자포자기 – 정생정사

   정에 살고 정에 죽는다.

   그놈의 정이 뭔지? 뭐든지 다 이해해 버린다.

점 하나 차이

프로와 포로~

두 글자를 유심히 바라보라.

프로에 점 하나 살짝 얹어놓으면 포로가 된다.

포로는 마지못해 인생에 '끌려' 가는 사람

프로는 신나게 인생을 '끌어' 가는 사람.

당신은

점 하나를 올려놓을 것인가?

내려놓을 것인가?

생각의 꼭두각시

미투(me too)족들은 남이 하면 그대로 따라서 하는 사람들

"야, 그 남자는 'ㄱ' 같은 사람이야, 'ㄴ' 같은 사람이야."

"야, 그 여자는 쌀 같은 사람이야, 보리 같은 사람이야."

"엉? 그래? 알았어."

자기가 직접 살펴보지도 않고

그냥 ㄱ, ㄴ이라고 가슴속 첨부파일에 저장해 버린다.

남이 'ㄱ'이라 해도 나에겐 'ㄷ'이 될 수 있다.

남이 쌀이라 해도 나에겐 보리, 혹은 현미가 될 수 있다.

남이 콜라라 해도 나에겐 와인, 혹은 맥주가 될 수 있다.

다른 사람 생각의 꼭두각시가 되지 말자.

자기가 직접 경험하고, 직접 느끼고, 직접 판단해야 한다.

5형제

희망, 절망, 소망, 낙망, 열망 5형제는
고향도 원산지도 똑같다. 한 공장에서 나온 제품
그런데 내용물은 완전히 다르다.

소망 – 포용력도 넉넉해서 언제나 방긋방긋 순하고 착해빠졌다.

열망 – 빨간색, 너무 뜨거워서 자칫 화상을 입을 수도 있다.

절망 – 자나깨나 투덜투덜, 가슴이 시커멓고 칙칙하다.

낙망 – 시들시들 비리비리, 늘 기운이 축 처져 있다.

희망 – 5형제 중에서 가장 똘똘한 녀석, 싱싱한 파란색.

　　　유쾌한 에너지를 팍팍 풍긴다. 언제 봐도 빠릿빠릿~

당신은 누구랑 살고 싶은가?

행복 디자이너 최윤희의
유쾌한 성공사전

초판 1쇄 인쇄 2008년 5월 6일
초판 1쇄 발행 2008년 5월 13일

지은이 | 최윤희
그린이 | 강일구
펴낸이 | 한 순 이희섭
펴낸곳 | 나무생각
편집 | 이은주
디자인 | 노은주 임덕란
마케팅 | 나성원 김종문
경영지원 | 김훈례

출판등록 | 1998년 4월 14일 제13-529호

주소 | 서울특별시 마포구 서교동 475-39 1F
전화 | 02)334-3339, 3308, 3361
팩스 | 02)334-3318
이메일 | tree3339@hanmail.net
홈페이지 | www.namubook.co.kr

© 최윤희, 2008

ISBN 978-89-5937-149-5 03810